여름에게 부친 여름

이호석

시인의 말

오래 미뤄 왔던 마침표를 하나 찍는다
그동안 나는 얼마나 많은 쉼표를 찍어 왔나
뒤따르던 문장들은 아득히 먼 곳으로 사라지고
대신 겨울밤 창밖으로 내리는 함박눈
숫눈처럼 공백만이 나를 기다린다
세상의 모든 발자국은 곧 지워지겠지만
그래도 나는 설산 너머로 걸어가겠다

2023년 어느 여름날
이호석

여름에게 부친 여름

차례

2부 빗소리에 붙인 주석

3부 여름 한철 그의 이름을 짓기 위해

4부 슬픔보다 먼 곳에 그리움을 세워 두고

해설

1부
지금은 체리가 익어 가는 계절

무제

하늘이 낮게 내려앉은 오후

사람들이 흩어진 자리에

저녁을 베껴 두었다

공원에서

누군가의 생일날에 모인 가족들은
무슨 말을 할까 차라리
가까운 곳으로 소풍이나 떠날까

공원 잔디밭에서
아이들과 축구공은 함께 몰려다니고
스티로폼 비행기가 혼자서 날아다닌다

돗자리 위에 주섬주섬 모인 어른들은
침묵하기 위해 계속 먹거나 졸았다

〈그랑자트 섬의 일요일 오후〉를 보는 기분

아이들이 비눗방울을 불자
공원은 순식간에 어항이 되어 버리고
밑바닥에 가라앉아 수면을 올려본다

일렁이는 빛의 산란

물고기가 하늘을 날아간다

지난여름 쏘아 올린 비행기에서
뜨거운 열기가 훅 끼친다

그제야 누군가가
옷을 벗으며 주섬주섬 말을 부려 놓는다
인디언 서머 같네요

여름은 다 지나갔는데
얼음은 남았고

밑바닥에는

아이가 던진 장난감
소파 밑으로 사라진다
무릎 꿇고 귀를 바닥에 붙여
밑바닥 어둠을 본다

불이 밝지 않아도
어둠은 밑으로 흐르게 마련이고
모여 흘러드는 것들은
다시 가슴에 고이게 된다

아이 성화에 못 이겨
소파를 힘껏 밀어젖히자
알게 모르게 조금씩 흘려 두었던
무언가가 먼지 더미에 엉켜 있다

찾다가 포기했던 안경
이미 버린 양말의 다른 짝
한 쌍이라 부를 수 없는 젓가락

아이는 냉큼 장난감을 집어 간다

밑바닥에 남겨진 것은
오래 지키지 못한 약속이거나
신년 계획들의 다짐이거나
숨겨 오던 애인의 버릇이거나

세상 공연한 것들은 오늘도
먼지처럼 참으로 연하고 부드러워
새털처럼 가볍게 장롱 밑으로
냉장고 밑으로도 흘러든다

여름에게 부친 여름
—제니에게

  대문 없는 집에 들어서는 발걸음으로 진초록이 찾아왔지만, 아직도 당신은 손에 연두가 젖은 채로 햇살 가득 마당에 버무리고 있네요. 겨우 게으른 방울 소리 울리며 사라지는 고양이는 한낮보다 느리게 발걸음을 옮기고, 고요한 뒤뜰에서 막 낮잠 깨어난 풋사과는 어제 같던 오늘만 끔벅여요. 내일은 체리가 익어 갈 계절이니까. 말캉거리는 예감을 씹으며 노을에 젖어 가는 여름을 어찌해야 할까. 번져 오르는 저녁 내내 딱딱해져 오던 진초록은 아마 알지 못할 거야. 열매를 매단 자리는 태연하게 상처가 아문 자리. 우리는 주기도문을 외우듯 서로의 저녁을 핥으며, 사랑보다 뜨거운 초록을 만들어요. 조용히 진저리 치던 여름의 잔허리를 베고 눕자 저녁 산들바람이 부드럽게 불어와요. 고양이 울음소리가 대문 없는 마당에 들어서서 여름을 찾아 두리번거리는 저녁이라면 사랑할 수 없는 당신을 만나도 조금은 괜찮을까요. 지금은 체리가 익어 가는 계절이니까. 여름에게 부친 여름이 돌아오면 당신을 볼 수 있을까요. 고요한 뒤뜰에서 웃자란 사과나무는 어쩌자고 혼자서도 저리 많은 열매를 매달고 있을까요. 어제의 고양이는 열리지 않을 대문처럼 떠나갔어요. 이제 마당에는 여름만 남아 그 날의 저녁을 기억해요. 다시 체리가 익는 계절이니까.

곶자왈

겨우내 숲에서 살았지

숫눈 위로 정령들의 발자국 따라
그곳에 가 보았지

그러고는 설산을 넘었지

이끼 덮인 나무 둥치에
코를 박고 크게 숨을 쉰다

갈등이 팔뚝의 핏줄처럼 보인다

허물어진 그루터기에 앉아
잠시 하늘을 본다

세상의 끝에 몰려든 구름들
그리고 삶에 대한 묵념

딱따구리 소리에 정적이 깨지고
아직 촉촉한 말똥이 반가워 웃었어

오늘 밤 올빼미 잡아먹고 꽝꽝나무로 매질하며
우리는 또 사랑을 나눌 테지

막다른 가시덤불 숲에서 만난
내 마음속 불모지

새의 무덤

새들의 무덤에서는 빛이 났다
멀리에서도 보이는 사원처럼 보였다
그것은 하나의 거대한 성채

새들의 무덤엔 꽃이 없다
아무도 오지 않기 때문이다
이따금 이름 모를 울음만 커다랗게 다녀갔다

가장 먼저 조문한 것은 냄새였다
세상의 모든 악취를 몰고 와
조문객들의 신발처럼 다녀가는 곳
이제 곧 바람의 순례지가 될 것이다

새들의 영혼이 쌓인 곳에
바람이 씻김굿을 한다
눈보라 일으켜 휘황찬란하게 춤을 춘다

하얀 춤사위에 깃을 펄럭인다

날개 없는 새가 바람에 몸을 맡긴다
처녀비행도 없이 한없이 날아오르는 날은
생애의 단 한 번, 그 새가 죽는 날뿐이다

아직도 그곳에는 누가
외롭게 무덤을 돌고 있는가
새들의 비상을 간절히 기다리는가

은여울초등학교

여울목에 서서 바라보니
너른 운동장 같다

이른 아침, 둑방에 위로
먼저 흰 새가 날아와 앉았다

물고기 한 무리 지나간다
모양도 크기도 표정도 제각각

저쪽 어디 강바닥에서는 아직
얼굴도 이름도 낯선, 선하고 고운 눈망울들이
까맣게 몰려온다

피라미 송사리 끄리 살치 치리 강준치
배가사리 동사리 여름치 빙어 버들치 동자개
모래무지 꺽지 갈겨니 쏘가리 누치 참붕어 메기
그네들의 이름을 천천히 읊조려 본다

여울목에 물결이 사방으로 퍼져 나가고
세찬 물살을 가르며 오르는 힘찬 아가미들
강물 소리가 꼭 아이들의 발자국 소리 같다

누구였을까
그 여름 여울목에서
발목을 간질이던 등지느러미는

방역

문을 열고

사방을 둘러본다
미끄러지는 인생은 늘
왼쪽을 따라 오른쪽으로 돈다
벽과 벽이 만나는 자리
구석진 자리는 인생의 직각
잠시 숨을 고르고 다시
한 걸음씩 옮기며
분무기로 소독약을 뿌린다

벽을 따라 걷는다
이정표가 없어도
벽으로 둘러싸인 곳은
내게 언제나 길이 된다
미로 같던 공간은 마침내
길을 내어 주고
운명처럼

시작과 끝이 만나는 곳에서

문은 다시 열린다

소실점

들판에 서면 소실점이 보이지 않는다
저 멀리 서로 기대어 누워 있는 바닥들
언제쯤 일어나서 바라볼 것인가
사라진 평행을 어디서 찾아야 하나

뱀 한 마리가 개천을 건넌다
갈지자 형으로 춤추듯 미끄러진다
수면 위로 구불구불 길처럼 사라진다

질주하는 아스팔트도 없이
개천 따라 흐르는 경운기 바퀴들이여
논두렁을 걸어가는 발자국들이여
숨겨 둔 소실점은 어디에 있는가

평행하지 못한 것끼리 만나
아무렇게나 구겨서 뭉쳐 놓은 듯이
들판의 군데군데 가무스름
무심하게 마음을 부려 놓는다

이름을 알 수 없는 큰 새가
머리 위를 빙빙 돈다

새는 점점 높이 올라
산모퉁이를 휘돌아 가는 길처럼
하늘로 사라진다

철새들이 내려앉는 곳

겨울의 끝자락에 걸린 하늘
위태롭게 매달린 몇몇 점들

그리고 나는
철새들이 내려앉는 곳을 보았다

너의 목소리가 흘러간 흔적만
한참을 바라보다
강둑에 마음도 없이 홀로 서 있다

이제 나는 어둠이 되어도 좋으리라
강물에 푸른 멍들이 깊이 스민다
푸른 밤이 지나는 동안

어떤 의미에서
우리는 철새였을까

신이 부르는 너의 인생을 나는

속기사가 되어 기록하기로 한다

새들의 발자국이 강물에 씻겨 사라지기 전에
허공에 얼어붙은 발바닥에
이름 하나 새겨 본다

갈대가 서걱대자 바람이 흔들린다

논두렁길만 남아

아버지가 돌아가셨다
묏자리는 마을 뒷산
상여가 산마루를 넘어갈 수는 없는 노릇
땡볕을 이고 재 너머 마을로 돌아간다
정자나무 아래에서 상여를 조립하는데
흰 수염 성성한 어르신들이 나타났다
끝내 아버지는 꽃상여를 타지 못하고
좁다랗고 구불구불한 논두렁을 걷는다
거머리처럼 달라붙던 말복 더위도 잊은 채
이승에서 마지막으로 걷는 길

논두렁을 걸어 본 적이 있는가
금세라도 빠질세라 조바심이 들고
외통수 되어 가는 인생길
진흙에 엉겨 붙은 발걸음
먹고사는 일의 고단함이랴

어린 상주는 망자 사진을 품고

자꾸만 자꾸만 뒤돌아보았다
논에 무릎을 폭폭 담가내며
상여꾼들이 관을 떠메고 조마조마
마침내 논두렁을 벗어나자
어린 상주 목구멍에서는 봇물 터지듯
곡소리 서럽게도 터진다

논두렁을 걸어 본 적이 있는가
미끄러지기라도 하면 신발은 논물에 젖기 마련
그때의 기분은 차갑기도 하고 시원하기도 하여
인생길 길어 올리는 마중물이랄까

모질던 촌장들도 마을도 무덤도
이제는 모두 사라지고
그때 논두렁길만 남아 원망 대신 그렇게
구불구불 한 생애가 사라진다

어떤 여행

비바람에 휩쓸려
온종일 술집을 전전하다
취하지 않아서 계속
마실 수밖에 없는 그런 날

부르지 못할 이름 하나 있어
떠나가네 나는

부재중처럼 내린 비는
여행자를 위한 애도의 몸짓
처마 밑에 앉아
지도에도 없는 너를 찾는다

아무것도 아닌, 아닌 것이 아닌
그 마음 하나 떠메고

회한도 없이 부르는 이름 속으로
사실은 또 그 마음으로 떠나가네

그대라는 외롭고 쓸쓸한 집에 누워
한 사나흘 묵어 가려 하네

부르지 못할 이름 하나 있어
살아가네 나는

2부

빗소리에 붙인 주석

남쪽
—장렬에게

봄이 더디어 문을 나섰다

연분홍 치마는 보이지 않고

그저 펄럭이는 소리만 들렸다

신년 계획

세밑에 신년 달력과 다이어리를 받았다. 애초에 나와
는 어울리지 않는 희망이었다.

송년회가 파하자 허세와 불안만이 덩그러니 남는다.
그들은 돌아갈 빙판길을 두고도 눈꽃처럼 웃거나 구세
군 종소리처럼 떠들었다. 결국 모두 구겨진 지폐처럼 택
시에 담겨 사라졌다.

오지 않을 미래가 모의되고 그것을 사람들은 계획이
라고 불렀다. 신년과 계획은 마지막까지도 어울리지 않
았다. 오늘 밤도 어디서, 누군가는, 눈사람처럼 앉아 다이
어리에 실존적 의지를 기록할 것이다. 밤새 소복이 내리
는 눈처럼, 가련한 애도의 몸짓으로 세상을 덮을 것이다.

신과 대결했던 사나이 이야기를 생각한다.
미래는 영원히 만날 수 없어요 만날 수 있다면 더 이
상 미래가 아니니까요 지금, 여기에서 두 발을 딛고 걸어
가세요 주저앉거나 쓰러지지 말아요 제발 일어나세요

이제 나 홀로 미래가 없는 세상으로 걷는다. 이태원 골목길은 오늘도 추워. 우리는 언제쯤 빠르지도 느리지도 않은 봄날의 걸음걸이로 너에게 가닿을 수 있을까.

〈죽은 왕녀를 위한 파반느〉에 맞춰 죽음의 발걸음을 한 발씩 내딛는다.

끝이 있는 것들은 죄다 계획적이지.

어쩌면 우리가 그토록 시간을 흘려보낸 이유도 끝을 염원한 마음이었을까. 끝이 없는 일에 대해서 우리는 감히 기록할 수 없을 테니까. 영원을 향한 죽음처럼 나를 살아 있게 만드는 것도 없으니까.

근황

이따금 이른 저녁이 오지 않는 날이면 오래전 잃어버린 고막이 웅웅거려 한밤중에 깨어납니다

밤새 우두커니 창밖을 바라봅니다 여전히 막차를 기다리는 모습으로

한 번도 답장하지 못한 채 우체통을 기웃거리기도 합니다

오늘 아침에는 천천히 세수하고 귀밑머리에 흰서리가 내린 것을 우두커니 바라보았습니다

이제는 자주 담배 대신 향을 피우고, 술 대신 드라마를 찾아 봅니다

그래도 여전히 차를 마시는 습관은 버리지 못했습니다

오히려 안 좋은 버릇도 생겼습니다 저녁상을 물리고 나서도 속이 허전하여 군것질을 합니다 곶감이나 감초를 씹기도 하고 호두나 생밤을 까기도 합니다

그러다가 다시 생각이 들 때면 서둘러 양치하고, 이부자리를 깔고, 강아지와 한바탕 씨름을 합니다 그렇게 따

뜻해진 강아지를 안고 잠드는 이른 저녁

그때를 생각하던 일은 다만

그러한 지 오래되었습니다

어느 편집자의 마지막 페이지

반성하는 마음으로 삼십 대를 편집자로 살아냈으나
나의 인생은 수정되지 않았고, 자꾸만 오탈자가 목에
걸렸다
읽히는 삶을 궁극으로 두었으나 나는 읽는 사람에 가
까웠고
쓰는 일은 사치가 아니면 노역과도 같아
국어사전에 악착같이 매달리던 시절
나의 언어 습관은 나랏말쌈과 달라
낫 놓고 기역 자를 찾는 것처럼 OK 교정은
다음 날이 다음날이 되도록 멀어졌으며
정신을 띄어쓰기에는 이제 눈이 침침해지고
머리칼 속에는 띄엄띄엄 흰서리가 내렸다
강산도 바뀐다는 세월 동안
다섯 수레가 넘치도록 책을 만들어 왔지만
정작 내가 읽은 것은 책이 아니라 교정지뿐이었고,
아이러니하게도 남아수독오거서라는 말은 그냥
두보의 농담에 지나지 않았다
편집 배열표를 작성하는 동안 내가 채워 넣을

마지막 페이지의 운명에 대해 생각해 보았으나
그들은 늘 내 바람과는 달리 각종
지로 통지서로 나의 발목을 붙잡았다
그래서인지 나의 이름은 표지보다는
판권지에 박혀 좀처럼 빠져나오지 못했다
그나마 살 만했던 감옥도 컨베이어에 떠밀리듯
나의 이름은 낭떠러지 맨 앞에 인쇄되었다
서점에 깔린 책들에는 나와 같은 이름들이
명멸하는 불빛보다 희미하게 널렸지만
우리는 애써 서로의 존재를 외면하고 살았다
책 대신 빵으로, 커피로 도망치는 편집자들을 바라보며
송충이는 솔잎을 먹어야 한다는 말을 곱씹어 보지만
소나무재선충처럼 퍼진 출판계의 고질적 증상은
노동자를 대신해 독자들의 외면을 받았다
차라리 간서치가 되어 살고 싶은 마음이 굴뚝같았으나
나는 늘 마지막 페이지가 궁금하여 책을 덮지 못하고
있다

옛날 영화가 어떻게 끝나더라

사는 게 지루하고 따분하다면 위선일까
끝이 기억나지 않는 옛날 영화처럼
그래서였나
이렇게 사는 게 맞는 건지
또 앞으로 어떻게 살아야 할지
도통 기억나질 않아
한밤중에 잠이 깨어 뒤척이다 옛날 영화를 봤다
모든 게 끝나면 어두워지는데 영화는 환해지지
환해지는 기억만큼 부끄러운 일도 없지
기억은 편집되기 마련이라지만
모리츠 에셔의 '끝이 없는 계단'을 이젠 내려가고 싶다
이럴 때는 차 한잔 마시면 좋을 텐데
보이차도 좋고,
가만 그러고 보니 어느새 영화는 멈춰 있다
누군가는 또 시를 쓴다고 할 텐데 말이지
정말이지 갑자기 궁금해진다
옛날 영화가 어떻게 끝나더라……

휴가 복귀를 기다리느라 다방에서 죽치는데
레지가 엉덩이 디밀고 옆에 앉아서는
아무개가 나온 옛날 영화를 봤냐고 그러데
그래서 안 봤다고 그랬더니 조금 실망한 눈치여서
왜 그러느냐고 물었지
맨날 티켓 끊어서 DVD방에 가면 항상
처음 부분만 봐서 어떻게 끝나는지가 궁금했다고

이십 년도 지나서 생각난 까닭은 뭐였을까
욕망과 권태 사이에서 빠져나올 수는 없는 걸까

아무렴 어떠냐
그냥 조용히
뜨거운 찻물 한 모금
꿀꺽 삼키고
어두운 천장을 바라본다

빗소리에 붙인 주석

아직 정리되지 못한 이삿짐을 바라보며
당분간은 이곳에서 냄새를 피우고
아이들의 서툰 수저질을 바라보리라

장마철이면 벽을 타고 오르던 곰팡이꽃과
하수구에서 역류하던 빗물에 신발들이
난파선처럼 둥둥 떠다니던 망원동 월세방
원망 같던 애원 같은 눈물의 빗소리
그 반지하에 누워 아버지의 무덤을 곧잘 생각했지

고향 뒷산 너르고 양지바른 곳
지관마저 탄복하던 아버지 무덤은
집안의, 외아들의 미래였지만
희망을 담보로 얻은 비루함이라니
서울 생활에 지친 나를 두고 어머니는
이제 산 사람이라도 살아야지……
아버지 유골을 화장하고 돌아오며
한 서린 눈물을 꾹꾹 찍어내셨다

나는 이제 내게서 영영 떠나가 버린
그때의 빗소리*에 대해 주석을 달아야만 한다

* 이사한 후에야 나는 알게 되었다. 어머니는 아버지에게 무덤이
아니라 근사한 집을 마련해 주고 싶었음을. 평생토록 자기 집 한번 가
져 보지 못한 아버지가 죽어서나마 자신의 땅에서 편안하게 잠들기
를 바랐음을. 그래서 그토록 환하고 너른 땅에 짙푸르고 무성한 잔
디가 자랄 수 있었음을. 하지만 혼기가 지난 아들이 신접살림 차릴
돈이 없어 결혼을 미루고 있는 사실을 알고, 저미는 가슴을 안고 죽
은 아버지 집을 팔기로 했음을. 땅값을 더 받기 위해 아버지 유골을
화장해야만 했었다는 것을. 이 모든 슬픔은 우리의 구불구불한 생
에 주석으로 달릴 수밖에 없음을.

소멸

매일 출근하던 몸을 이끌고 걷는다
멀리 사람들이 신기루처럼 피어난다
도로와 들판의 경계를 따라
기시감에서 헤매는 기분으로
봄날 들판을 걷다가 꿈에서 깨어난다
투명한 죽음의 징후들은 봄날처럼 조용하다
이것은 죽음이 아니라 소멸에 관한
짧은 기록쯤이라 여겨 두자
대개 죽음은 습관적으로 과장되게 마련이므로

걷다가 꿈이 깨던 적이 있었다
피가 푸르게 물드는 날이면
혼자 다니던 호숫가의 오솔길이
지금과 여기 사이로 흐르고 있었다
그곳은 늘 어둡고 조용해서
지날 때마다 슬픈 꿈을 꾸게 만드는 그런 길이었다
어느 날, 호숫가에 흰 거품이 들끓었다
눈앞에 고기 떼가 펄떡이는 소리만 가득했다

손을 뻗어 고기를 잡고도 싶었지만
어쩐지 이제는 죽어 버려야 할 것 같은 기분
다행히 지금과 여기, 그 사이에
돌아왔다 그림자를 잃어버린 채

걷다가 문득 꿈이 깼었을 때
슬픈 꿈을 꾸고 있는 것 같았다
그래서 알았다
죽음도 없이 생을 마감할 수 있다는 걸
오랫동안 잊고 지낸 투명한 그림자가
신기루처럼 걸어오는 모습이 보였다

유토피아 47번 우주정거장에서의 도킹

아버지는 스푸트니크가 발사되던 순간에 태어났다
우연의 일치는 종종 환상과 의미를 부여할 뿐
존재적 시간에 가치를 획득하지 않는다

—*푸른 하늘 은하수 하얀 쪽배에*
—*계수나무 한 나무 토끼 한 마리*

인공위성은 귀환하지 못하고 우주로 떠났다
닫힌 중력의 해방은 광년의 고독보다 깊다
우리는 모두 은하수가 되어 흘러간다
유토피아 47번 우주정거장에서의 도킹

사랑할 필요는 있지만, 연명하지는 않아도 된다
핼리 혜성처럼 아버지의 말들이 꼬리를 물고 떠돈다
토끼를 위해 계수나무는 어떤 꿈을 꾸었나
스푸트니크는 꿈의 소유권을 박탈당하지 않았고
아직도 팽창하는 우주 먼 곳으로 유영하고 있다

―돛대도 아니 달고 삿대도 없이
―가기도 잘도 간다 서쪽 나라로

평생을 정말 가진 것 없이 살았지만
독수리 오형제를 남기고 떠나셨다
감각을 넘어선 영역에 도달하는 것은 결국
실재 그 너머, 그 어둠의 세계에서
우리는 영원이라는 에테르를 만날 수 있다

―은하수를 건너서 구름나라로
―구름나라 지나선 어디로 가나

자장가를 불러 주며 생각해냈다 아버지를
노래를 부르면 평화가 왔고 잠이 왔다
아버지라는 기표는 사랑이다
자신이면서, 우주이고, 그들의 관계다

―멀리서 반짝반짝 비치이는 건

—샛별이 등대란다 길을 찾아라*

그 옛날 나를 위해 불러 주던
지금은 아이를 재우기 위해 내가 부르는
그 노래가 아이 이마에 내려앉는다
스푸트니크는 지구에서 가장 평화로운 노래를 가지고
우주를 잠재우는 샛별이 되었다

* 윤극영 작사·작곡, 〈반달〉.

응시

슬픔을 덮기 위해
짐짓 과장하여 웃으면
결국 처연함만 남는다
차라리 응시할 일이다
울음이 마르면
술잔이 깊어진다
술잔에 빠진 오늘을
말없이 홀로
바라본다

안개의 계절

서울에서 김포신도시로 이사 와서 좋은 건
우리가 사는 아파트를 중심으로
어린이집, 유치원, 초등학교가
안개처럼 몰려 있다는 거지

잠이 덜 깬 아이들을 다그쳐서
탱크를 몰던 힘으로 유모차를 밀며
초등학교를 지나 유치원을 돌아 어린이집까지
산책로를 따라 한 바퀴 순항을 마치면
커피나 한잔 우아하게 마셔 볼까

아이들을 데려다주고 오는데
아들이었는지 손자였는지
아득한 기분이 든다
잠시 공원 벤치에 앉아 정신 차려도
안개는 좀처럼 걷히질 않고

겨울로 넘어가는 이곳에

안개의 계절이 오면
창밖으로 철새들은 날아오는데
언제나 꿈속의 꿈

새들은 서로의 울음소리에 기대어
꿈 밖의 꿈으로 날아간다는데
우리는 언제쯤
안개의 계절을 다 흘려보낼까

겨울 전령사

겨울이 오는 길목으로
눈보다 더 먼저
철새들이 내려앉는다

서릿발 하얀
들판의 거룩한 침묵 위에
겨울은 어떻게 오는가

새들의 부리를 앞세우고
뚝방에 올라앉아
심장을 겨누는 저 겨울의 고요

밤보다 어둡게 추위가 내리면
날갯죽지에 부리를 묻는다

둥지 없는 것끼리는 유독
속울음까지 잘 보이는 것이어서
주먹눈이 목화솜처럼 내리는 것이다

겨우내 얼어붙은
빈 들판의 그루터기에
부리를 그리 벼리더니

봄이 오기도 전에
저 매서운 겨울의 부리
허공을 찢고 훨훨 날아가리

다만 우리는
철새들이 날아가는 것을 보았다

지구의 지배자

거대한 사료 탱크는 언제 봐도 공룡 같다
저 입을 채우는 장면은 정말이지 거짓말 같다
사료차는 아마 모레쯤 다시 올 것이다

철새들이 하늘을 가로질러 날아간다

지게차가 부지런히 달걀을 싣는 동안
이국의 사내는 웃는 얼굴로 내게 인사를 건넸다
한겨울 햇살이 한가득 양계장을 비췄다

들판 저 멀리서 장난감 같은 방역차가 안개를 뿌리며
지나간다

아지랑이 피어나는 도로를 따라 계분차가 떠나간다
악취는 시골 마을의 정적을 휩싸고
아무도 냄새 따위는 신경 쓰지 않는 분위기였다

수의사가 농장으로 폐사체 검사하러 왔고

그는 서류에 사인하고 서둘러 돌아갔다

양념치킨을 뜯으며 뉴스를 보다가
누구는 조류독감에 달걀 파동을 염려했고
또 누구는 동물권에 대해 진지하게 얘기했지만
아무도 그들의 성채에 대해 알지 못했다

철새들이 하늘을 가로질러 날아간다

호모 사피엔스를 길들이기 시작한 이래로
그들은 이제 날지 않는다
먼 훗날 인류 대신 화석으로 남아
위대한 지구의 지배자로 기억될 것이다

겨울 장마는 퍼붓지 않는다
—마닐라에서

처마 속으로 장마가 찾아들었다
기나긴 우기의 뜻을 알기에는 계절이 너무 짧았다
겨울인데 겨울이 그리운 까닭에
눈물로 돌아올 수밖에 없는 거라고
이름 모를 제비가 말해 주었지만
아직은 여러 계절의 힘이 필요했다

겨울 장마가 퍼붓지 않는 건
떠나가 버린 여름의 울음 때문었을까
소리 없이 내려앉는 빗소리에
사라져 버린 가을을 찾아
구름들이 한곳으로 몰려간다
가지 말라고, 돌아오라고
빈 몸으로 풀잎들이 손짓한다

먹빛에 번지는 오후
제비가 날아와 앉은 거리
그 틈을 재어 보는 사이

겨울 장마 젖은 하늘이 무겁다
수화기 들던 손끝으로
빗소리 고인다

땅끝에 서다

우리는 지금까지 어둠을 뚫고 땅끝에 왔어
앞으로 어디로, 어떻게 가야 할지 몰라
너덜너덜해진 발끝으로 터벅터벅 왔지
여기 도착하기 전까지의 마음은 그랬지
하지만 눈앞에 펼쳐진 바다를 보며
더 이상 앞으로 갈 수 없다는 사실에
문득 가슴이 시원해졌어

파도 소리와 이마에 스치는 바람
이글거리며 수평선에서 솟구치는 태양
그래, 우리는 매일매일 다시 태어나는 거야
해변에 서서 다시 시작하기로 했지

"아름다운 것들"

너는 모래를 한 주먹 움켜쥐며 말했지
땅끝으로 끌고 온 시간은 손가락 사이로
빠져나와 바다로 사라졌지

그리고 우리는 침묵으로
떠오르고야 마는 태양을 보며
마침내 알아 버렸던 거야

"다시 사랑하자"

그제야 우리는 발길을 돌렸지
이제부터는 지평선의 시작이라고
너의 뒷모습에 해가 환히 비추는 걸
나는 맹목적으로 기억하겠네
정녕 오래도록 그리하겠네

3부
여름 한철 그의 이름을 짓기 위해

블랙

푸른빛을 품고 있을 때

더욱 깊어진다

동백꽃

어느 날 아이가
유치원에서 부끄러움을 배워 왔다
흑백사진 속 동백꽃 같다고나 할까

먹고살기 힘들 때, 아니
돌아보지 못하고, 그만

동백나무 숲 그늘에 웅크려
새빨갛게 울어 본 적 있네

왁자하게 술을 먹다가
드라마를 보며 울다가
아름다운 시를 쓰다가

그늘 덮고 사는 일에 골몰하여
우리를 외면하였네

죽을 이유를 찾느라

꾸역꾸역 살아내는 동안
그래도 부끄러움을 잊지 않았기에

그 사이 모가지 뚝뚝,
동백꽃은 다 지고 말았습니다만

차이 2

인터뷰어가 인터뷰이를 만났다. 어떤 영화가 생각났지만 그것이 차이를 증명할 근거가 있는 것인지 아니면 그냥 몽롱한 꿈속 해프닝인지 나는 도무지 알 수가 없었고,

……

애초에 이런 문장을 떠올리기 바로 전, 최초의 아이디어! 내게 영감을 주었던 장면이 계속 떠올랐다. 그것은 한 장의 사진으로 마이크로시멘트에 문장을 음각한 장면인데, 꿈속에서 보니까 그것은 마치 종이에 인쇄된 글씨처럼 보였다. 사진과 종이에 인쇄된 것에 차이가 없어 보였다. 정말 실재를 마주한 기분이었다. 이것은 어디까지나 꿈속의 일이다.

아무튼 그래서 이렇게 생각하다가 꿈 밖의 꿈으로 만들어 봐야겠다고 생각하는 순간, 이게 과연 실현 가능한 것인지, 서체는 무엇이 적당할지, 음각은 어떻게 새겨야 할지, 사진은 어떻게 찍어야 할지, 혼자서 이리저리 궁

리하는데, 문득 어쩌면 이것이 꿈속과 꿈 밖의 차이가 아닌지, 잊기 전에 빨리 적어 두자. 시멘트에 음각한 문장은 바로 '뱀파이어와의 인터뷰'였다.

......

이 문장을 왜 떠올렸는지 곰곰이 생각하다가 불현듯이 낮에 보았던 영화 〈애드 아스트라〉를 떠올렸다. 아! 또 잊어버리기 전에 적어 놔야지. 참고로 영화에 나오는 브래드 피트는 참 아름다웠다.

우주 속에서 아버지를 놓아주던 브래드 피트의 복잡한 심경의 표정이 클로즈업으로 꽤 오래 보인다. 압권이었다. 마치 두 시간의 러닝 타임을 한 장면으로 압축시켜 놓은 듯했다. 영화 속에서 푸르스름한 그의 동공이 아름다워 보였다. 존경하던 노교수의 파란 노안이 생각났다.

......

영화를 보기 전 잠깐 그런 생각을 했다. 두 시간 동안 브래드 피트 얼굴을 보는 것도 나쁘지는 않겠군! 하지만 영화를 보는 내내 존재적 허무를 찾는 이방인의 이야기 같았고, 실존주의자를 보는 기분이었다.

한편으로 그의 연기를 보며 영화 속 그의 삶과 영화 밖 그의 삶이 중첩되어 보였다. 이혼 후에 찾아온, 아니 이혼하게 만든 그의 실존적 방황이 이런 영화를 찍게 했는지 궁금해졌다.

......

지금까지의 이야기들이 모두 차이를 위한 것인지 알 수 없다. 꿈속부터 시작해 꿈 밖으로 이어지는 이 시가 정말 시멘트에 음각해서 사진을 찍어야 하는 시인지도 모르겠다. 여기서 이게 시일까 하고 잠시 의문을 가졌다. 많은 논란과 생산적 논의가 생각났지만 시와 산문의 구분은 잠시 접어 놓는다. 왜냐하면 애초에 꿈속에서 시

멘트에 새겨 넣을 문장은 시였기 때문이다. 아무튼 이
문제는 여기서 각설하고,

......

어쩌면 내일 아침 일어나 이 시를 읽고 무슨 말뜻인
지 이해하지 못하여 삭제하고, 다음날에는 더 좋은 시
를 찾아 다시 꿈속을 헤매는 꼴이라니. 이런 게 바로 나
의 실존적 존재가 아닐까 몽상하다가 문득 매일 술을
마셨다는 브래드 피트의 실재적 존재를 떠올렸다.

나도 매일 저녁 술을 마시며 고독 속으로 침잠한다.
나는 충분히 이해한다. 영화 속 아버지가 왜 계속 우주
로 가야만 했는지를. 브래드 피트가 그런 아버지를 왜
찾아야 했고 다시 우주 속에 보내야만 했는지를. 그런
의미에서 아버지와 아들은 존재자의 양가적인 모습을
잘 보여 준다. 아마 내 모습도 그러할 것이다.

......

나는 이제 자야만 한다. 아직 어둠 속에 숨어 누워 있어야만 한다. 나는 아직 이 좁다란 지구 안에 갇혀 있다. 이것이 꿈속의 꿈이라니!

먼바다를 바라보는 일
—홍렬에게

마루에 앉아 아침 밥상을 받고
숟가락을 들다가

댓돌 밟고, 마당 지나
낮은 돌담 슬쩍 넘어
신작로 후다닥 건너
단숨에 방파제로 뛰어올라
숨 한번 흡하고
동해에 일렁이는 햇빛 속으로
첨벙!

먼 옛날 시골집 마루에서
아버지와 겸상하며 바라본
초여름의 시퍼런 텃밭

네 이름은 뭐니?

퇴근 시간에 맞춰 외출합니다. 저녁에는 진짜 세상을 만나고 싶거든요.

온종일 수족관에 가라앉았다 일어나는 기분이 들어요.

몸을 말리며 걷는 길이 점점 가벼워집니다. 허공에 날아가기 전에 허기를 채워야겠군요.

저녁을 먹고 개천을 따라 걸어요. 날마다 난간에 기대어 천천히 걸어오는 가을빛을 구경해요. 저 걸음걸이로는 언제쯤 집에 갈 수 있을까요.

서산 너머 햇빛이 비치고, 구름은 밝고 환한 은빛 테두리를 뿜어냈어요. 하늘이 시시각각 붉은색으로 알로록달로록한 광경은 무척 아름다웠지요.

그런데 네 이름은 뭐니?

고심 끝에 저는 그에게 이름을 지어 주었어요.

구름테빛!

대나무 끝에 걸린 깃발들이 바람에 나부끼며 환호하는 것 같네요.

이제까지 이름이 없었던 것을 곰곰 생각하며 꾹꾹 제 그림자를 땅에 심습니다.

사실 그 이유를 알 것도 같지만 이젠 정말 여름 한철 그의 이름을 짓기 위해 여기까지 왔다고 믿어 볼까 봐요.

연못의 한잠을 깨우는 것은

파문이 알리는 물빛은
연못이 외로 트는 시간
달무리가 서고
구름이 숨죽이며
그걸 엿보는 곳

연못의 잔등에 몸 뉘여
뒤척이는 물결의 잔상들
한밤을 둥글게 말아 넣고
달빛에 몸 풀어 저만치
물그림자 일렁이는데

별빛이 숨어드는 구름 속으로
노 저어 가는 그림자 하나
출렁이는 물의 근육들
그늘 머금은 파문으로
이 한밤
연못의 한잠을 깨우네

숨이 숨을 만나

공연한 것들의 숨이 만들어 놓은 무늬. 이를 거두는 밤이 와요. 폐부에 쌓아 둔 하루의 들숨을 게우는 밤이 찾아와요. 한 숨에 한 음절 되새기며 간절히 타전하는 오늘의 소명은 공연한 것들의 슬픈 내력. 숨이 숨을 만나 결을 이루면 걷잡을 수 없는 안개 속에서 헤매는 기분이에요. 아직은 보이지 않는 당신을 느끼며 마음을 놓아요. 그대의 날숨으로 나의 원죄를 지워 가는 이 밤. 슬픔이 기쁨을 만나고 또 꿈을 만나면 오늘 하루가 가벼워질 수 있을까요? 들숨에 날숨으로 장단을 맞추며, 밤새워 그대의 하루에 가만히 귀를 기울여요.

그 끝자리를 어쩌지 못하고

해 지는 산마루 바라보면
어릴 적 염소 뿔 받힌
그 끝자리를 생각한다는
친구 이야기를 들은 적이 있네
그 말이 멍울처럼 서는 이 밤
그 끝자리를 어쩌지 못하고
어디선가 쓰르라미 들려오는데

그믐달에 비친 고요 속에서
선인장이 꽃을 틔우네
수삼 년 기다려도 피우지 않던 것을
이 밤, 누굴 기다려 꽃단장하는가

봉오리 환히 열리는 동안
꽃잎이 한 움큼 밀어낸 자리
그 끝자리를 어쩌지 못하고
돌아서는 잔등에 번지는 멍울

그믐달 외로 뒤척이고
꽃이 환히 피고 지는 사이
어디선가 쓰르라미 들려오는데

봄 한철 견딜 수 있는 것은

잠시 접어 둔 오후 베고 누워
하늘에 숨은 낮달 걸음걸이 따라
무심히 흘려보내는 빈 손바닥
손가락 사이로 들어앉은 바람이
자꾸만 말을 걸어온다

온종일 멈추지 않는 딸꾹질처럼
내 몸에 지녀 왔던 허공을 뱉는다
숨을 멈추고 들여다보는 사이
바람에 뒤묻어 오는 먹장구름이
낮빛으로 봄비 채근하고 있다

얼마나 많은 꽃을 틔우려고
빈 가지 뻗친 자리마다 허공 매달고
구름은 저마다 제 키를 낮춰
가지런히 눈물 심어 주는가

얼마나 많은 뜬구름을 피우려고

바람이 떠나는 길 마디마다
봄비가 이리 내리시는가

우리가 봄 한철 견딜 수 있는 것은
속살 드러내고 웃는 바람이거나
바람에 흔들리는 여린 꽃잎이거나
먹장구름 뒤에 숨은 눈부신 햇살 탓이거나

빈 손바닥에 걸린 하루가
먹장구름으로 흘러가고 있다

떨어진다는 말은 얼마나 많은 중력을 가지고 있는가

떨어진다는 말이
밤하늘 별똥별처럼 떨어지면
내 안에 품고 있던 많은 숨결은
한밤의 어둠으로 번져 나가고
그때마다 나는
습관적으로 악몽을 토해내곤 하였네
허공에서 떨어지는 나를 지켜봐야만 했네
더 이상 떨어지지 않기 위해 나는 또
얼마나 많은 나를 놓아주어야 하는가
떨어지는 모든 것은
제 몸에 허공의 무늬를 만들고
조금씩 어둠을 게워내었네
핏빛으로 노을 너머로 사라져 갔네
자유낙하 하는 별빛들은
중력도 없이 꿈으로 찾아와
내 품에 들어앉은 설움을 씻기고
물의 모서리들을 풀어 주고
한밤의 울음빛으로 채워 주었네

내 안에서 자라는 중력은
악몽을 꾸고 난 뒤에 남은 축축한 숨결
떨어진다는 말은 얼마나 많은 중력을 가지고 있는가
나는 또 얼마나 많은 허공에 빈 손짓을 하는가

문장의 독

문장에는 독이 있어서
오래 편집하면 중독 증세가 나타난다
문장에는 작가의 마음이 담겨 있다
글은 서서히 중독되는 복어회 같다
계속 읽기 위해서는
자신만의 방법을 찾아야 한다
눈에는 눈 이에는 이

온종일 편집하고 돌아와
샤워하고 정좌하여 읽는다
평소 좋아하는 문장을 찾아 읽는다
문독文毒을 풀어낼 문독
자신만의 해독제를 꺼내
손가락으로 짚어 가며 읊조린다
한 문장 한 문장 천천히 음미한다
한참을 그리하면 응어리진 가슴이
어느새 부드럽게 풀리는 걸 느끼게 된다
메소드 연기에서 벗어나는 배우처럼

몇 날 며칠이 걸릴지 모른다 그래도
다시 읽기 위해서 다시 읽어야만 한다

누가 왜 읽느냐고 묻는다면
은빛 책벌레는 말이 없다 다만
신선이란 글자를 찾아 갉아 먹는
맥망脉望의 자취만 남아 있을 뿐

교정지 위에서는

교정지에 교정 부호를 새겨 넣으면
가끔 환각을 경험한다
너무나 익숙한 문자들이 생경한 그림처럼 보인다
마치 외국인이 한글을 처음 마주할 때의 생경한 느낌
처럼

그럴 때면 교정지를 스윽 손바닥으로 쓸어 본다
옛 비문에 새겨진 글씨를 더듬는 손길로
아주 먼 시간으로 돌아가서
고서를 펼쳐 놓은 기분에 사로잡힌다

때때로 교정지는 다른 세상을 잇는 통로가 된다
어쩌면 내게 찾아온 문자의 원혼은 아닐까

이제 문장들은 나를 떠나가는 것일까
문자들의 저항에 착시 현상이 벌어진 걸까
행간에 피어나는 신기루를 바라본다

평범한 선들의 집합 속에서
아주 낯선 존재를 지켜보는 일은
내가 점점 유령이 되어 가는 기분이 든다
교정지 위에는 은폐된 영혼이 살고 있다

흰 돌

왼주먹을 힘껏 틀어쥔 채 태어나던 날
아무도 눈치채지 못했지만 저만은 보았지요

그 돌은 언제 어디서나 손바닥에 붙어 살았어요
율무보다 빛나고 단단하게

그것은 무럭무럭 아이처럼 자랐는데
놀림을 받거나 속상한 일에는 땅바닥에 쾅쾅 내리치
거나
눈물을 닦기도 하고 기쁜 일에는 깃발처럼 높이 흔들
어 보여 주던

아내는 사마귀 같다고 뇌까렸지만
이제는 안심하고 죽어도 될 것 같은 기분이 들어요

죽은 아버지에게 물려받은 흰 돌
관 속에 넣어 가시질 않고

아들 손바닥에
못보다 깊고 피보다 진하게

그 옛날 뒷마당 율무밭에서는
바닷물 들이치는 소리만 연신 들려옵니다

막걸리

막걸리가 생각날 때마다
아버지를 한 통씩 마신다
왜 막걸리만 마셔야 했는지는
아들이 아버지가 되고서야 알았단다
이런 고약한지고!
정수리에 물을 부으면 발뒤꿈치에 닿는다
말하지 않아도 아버지는
그 아버지의 아버지를 알 수가 있고,
아들은 그 아들의 아들을 볼 수가 있다
핏줄로 내려받는 막걸리
우리 가문만의 족보는 매일 아침
화장실에서만 읽을 수 있다네
오늘도 무사히 하루를 마감하며
혈통을 확인하는 시약처럼 막걸리가
냉장고에서 꾸벅꾸벅 졸고 있다
막사발 한 잔이
목마르게 누군가를 기다리고 있다

4부

슬픔보다 먼 곳에

그리움을 세워 두고

은에게

귀밑머리에 눈서리 내려
딸아이 하나 얻으니, 은이라 하였다
아이가 자라 스무 살이 되면
맑은 바람이 불거든 손가락 사이를 내어 주어라
비 갠 뒤에는 소나무와 바위의 먹빛을 만져 보아라
구름에 가린 별도 한번 찾아보아라
때로는 호숫가에 돌도 던져 보아라
태양은 그림자를 만들지 않는 법이란다
나무 그늘 짙어지면 멀리 산등성이를 닮아라
매미 울음소리 사라질 무렵에는 눈물을 준비해라
하늘 아래 새로운 것도 없고, 낡은 것도 없단다
그리하여 슬픔보다 먼 곳에 그리움을 세워 두고
뚜벅뚜벅 홀로 걸어가거라

염소는 힘이 세다

염소는 힘이 세다. 집에서 놀고 있는 나를 불러내어 기어이 자신의 뿔이나 뒷다리를 잡아들게 만든다. 다시 말하지만 아내의 눈치 때문에 염소포획요원이 된 것은 절대 아니다.

염소는 힘이 세다. 우리는 관내에 신고한 염소 이천 마리에 대한 접종을 의뢰받았다. 염소는 동트기 전부터 해가 질 때까지 자기 착취하게 만들었다. 충분히 합리적인 사람들을 죽도록 일만 시켰다.

염소는 힘이 세다. 그러나 염소는 오늘 아침에 죽었다. 새끼를 사산했다고 항의성 전화가 왔다. 수의사와 공무원들은 보상 규정을 운운하며 접종에 대한 부작용은 아니라고 반복해서 설명하기 바빴다. 결국 염소는 여러 사람을 사과하게 만들었다.

염소는 힘이 세다. 염소는 자신의 출생 기록을 만들게 했다. 한 푼이라도 더 벌기 위해 우리는 새로 태어난 염소 새끼들을 놓치지 않고 장부에 등록했다. 염소들에게 구제역이 없던 시절은 얼마나 자유로웠을까. 이제 초원에서 풀 뜯어 먹는 염소는 없다. 축사에 갇혀 발굽이 나 기를 뿐이다.

염소는 진짜 힘이 세다. 우리 집에는 읽지 않는 책이 많았는데 이번 일로 인해 소설 '염소는 힘이 세다'를 다시 찾아 읽어야만 했다. 그리고 마침내 염소는 내게 패러디를 쓰게 만들었다.

이것은 과연 염소의 힘인가 독서의 힘인가. 두 힘이 작용하는 벡터값의 지향성에 대해 오늘 밤 아내와 함께 연구해야겠다.

개종

구석에 앉아 있던 여자아이가 훌쩍이자
하나둘 따라 울기 시작했다

이렇게 기도해도 괜찮은 걸까
누군가 대답처럼 물었고,

그저 외로울 뿐이었다

아마 기도를 멈춘다면
다시 너를 만나 주지 않을지도 몰라

우리는 원래 무덤이 없는 족속이라고,
그래서 신을 믿지 않아도 된다고

크리스마스카드에 적힌 소망처럼 기도했지만
무엇을 증명하고 싶은지는 아무도 몰랐다

만나고 싶은 사람이 굳이

신이 아니어도 좋았다

개나리꽃에 부쳐

해마다 개나리 필 때면
여기저기 시위대와 경찰들이
꽃보다 아름답게 지천으로 피어났지
현실은 늘 상징적인 법이지

노란 머리띠는 개나리처럼 화사했고
꽃을 받쳐 주는 새파란 이파리처럼
경찰들은 시위대를 감싸 안았지
울긋불긋 현수막과 깃발들이 나부끼고
그야말로 봄바람에 휘날리는 봄날이었지
그때 이미 알고 있었던 것 같아
긍정적인 말은 부정적 상황에서
살아남기 위한 자기기만 같은 거지

머리 위로 가만, 벚꽃잎 분분히 흩날린다
그 어디에도 소속되지 못한 신세
슬며시 부끄러워져 인적 드문 곳만 다녔지
작은 마음 다잡고 살았던 나날들

코로나를 앓은 뒤 오랜만에 시내로 외출했다
개나리꽃 줄지어 피어난 걸 보고 왈칵 눈물이 났다
중력도 없이 떨어지는 것들은 죄다 슬픈 것들이지
이제는 북소리도 없고, 확성기 목청도 없이
여전히 나 홀로 길을 걷는다
돌아가지 못할 그날들 개나리꽃에 부쳐
봄 한철 내내 예감하듯 그리워지겠네

파초 잎에 시를 쓰고 싶군요
—용하에게

파초 잎에 시를 쓰고 싶군요.

어떤 구름들이 몰려나와 구경할까요?

왕유의 「망천절구」를 쓴다면 나비 구경*을 좀 할 수 있을까요?

얼마 전 김종철 선생님이 돌아가셨답니다. 그곳이 어딘지는 잘 모르겠지만 내내 생각이 났습니다.

높고 커다란 파초 잎 하나가 바람에 휘청하더니 그예 우지끈 넘어가는 것을 한참 지켜보았습니다.

한바탕 쏟아지는 소나기가 반갑습니다.

제게 여름이 좀 더 남았더라면, 다른 잎을 딸 수 있었다면, 과연 다른 궁리를 할 수 있었을까요?

문득 가슴에 비가 뿌리**는 것으로는 좀 모자란 듯하니 저 속에 들어앉으면 어떨까요? 그럼 세상이 좀 시원해질까요?

어제를 베껴 둔 시는 이제 소나기에 다 씻겨 버렸군요. 아마도 선생의 마음이 그런 거였겠다 지레짐작만 하고 있습니다.

제 부음은 훗날 어떻게 적힐지 한번 상상해 봅니다.

오늘도 마당가에는 파초가 깃발처럼 바람을 휘젓고 있습니다. 그러자 조금은 안도하는 저녁이 저 멀리 번지고 있습니다.

* 이덕무, 『선귤당농소』.

** 이태준, 『무서록』, 「파초」.

갯벌 드러나듯

사랑한다는 것은
썰물에 갯벌 드러나듯
마음이 열리는 것이어서
조금씩
천천히
바닥이 되는 것이어서
낮게, 낮게 흐르는 것이지

파도에 시간을 풀어주고
물길 발자국도 거두어 주고
제 속이 환히 드러난 자리
멀리, 멀리서 날아오는
바닷새 몇쯤 앉히는 일이지

물길 열려 걷는 길
발가락 사이로 진흙 빠져나오듯
부드럽게 그대 감싸 주며
가만, 가만히 풀어지는 먹빛

그 그늘 머금은 바위섬
오래 두고 기다리는 것이지

노형오거리에서

사나흘 일감이 생겼다
공항에서 시내로 걸어가는데
묘한 냄새에 신경이 거슬렸다
반지하 셋방 살 때 나던
오래된 시멘트 냄새였다
아무래도 구도심에 슬럼화가 진행되나 싶었다
그렇게 나의 가난을 되새김질하는데
"아, 꽃냄새 좋다"
앞서가던 처녀애들 까르르 웃는다

골방에서 피워낸 내 청춘의 냄새는 무엇이었을까
가난의 욕망이었을까
고독의 욕정이었을까
존재의 아름다움이었을까

절망으로부터의 도피와 자기기만의 몸부림
그것을 저울질하며 침잠한 허무의 늪

불능의 기록으로 탈출한 세계

올레길 여행자들의 발걸음 사이에
가여운 내 청춘의 발자국을 새긴다

Re: Hello
—to Adele

너의 이메일은 언제나
안녕이라는 말로 열리고 도돌이표처럼 닫친다

나의 서른세 번째 안녕은 사실 만남이었고
너의 서른두 번째 안녕은 아직 불안이었다

Hello from the other side

너의 아흔아홉 번째 안녕은 결국 이별이었고
나의 첫 번째 안녕은 이미 사랑이었다

안녕이라는 말을 이해하기 위해
우리는 또 얼마나 많은 오해를 지나쳐 왔나

Hello from the outside

네가 기다리던 편지는 이미
그날 맞잡은 손끝으로 전했지만

너는 아직도 말할 수 없는 것을 기다린다

그냥 논리적 문제였을 뿐이었고
다만 감정적 문제였을 뿐이었다고
아직도 그날의 안녕은 항변하듯 박제되어
이메일 보관함에 남아 있다

I hope that you're well

시간이 흘러도 어제처럼
너라는 텍스트를 느낄 수 있다
여전히 온라인 시공간에 갇혀 우리는
여전히 삭제를 기다리고 있는지도 모르겠다

나른함에 대하여

메아리처럼 귓바퀴를 맴돌아 들어오는
느릿하고 미끈한 달팽이처럼
내 몸을 휘감싸는 그런 목소리가 있어요
당신의 눈빛은 낮은음자리표처럼 공중에 걸려 있고
음성들은 오선지에 매달린 음표가 되어 가요
내 눈 속에서만 악보로 그려지는 당신의 아다지오
까닭 모르게 나른해지는 무중력감
우리가 서른 살의 비극성에 관해 이야기하는 동안
하나둘 음표들이 소멸하는 아름다움마저 사라지고
명멸하는 존재의 자리에 남긴 당신의 기의들

주섬주섬 가방에 담아 온 흩어진 음표들
출구 없이 맴돌아 내 마음에 도돌이표를 새겨 넣고
잠들 때까지 되새김질해야만 했어요
어쩌면 그날 굴뚝이 만드는 구름에 대해
세상의 뜬구름에 대해 말하고 싶었지만
말할 수 없는 것에 대해서는 침묵을 지켜야만 했어요
하지만 아직도 우리의 입술은 보이지 않아요

만일 당신의 입술이 내 입술을 두드리면, 그래요
이제는 그 나른함에 대하여 얘기해야만 해요
우리의 영혼이 소용돌이처럼 말려 버린
귓속에 웅크려 있는 달팽이가 빠져나올 때 말이에요
그러고는 서로를 조금씩 아껴 가며 뜯어먹고 있을 거
예요

아주 천천히 말이에요
서로의 그림자가 닮아 갈 때까지

간접 인용
—종결 어미 '~대'

언제부턴가 아이들은
간접 인용으로 대화를 나누었다

말놀이는 늘 수수께끼 같아서
바닷가 물거품처럼 사라진다

아니 어쩌면 그것은
가정법을 위한 전주곡처럼 들린다

모래성을 쌓고 허무는 아이들 손에서
모래알이 반짝인다

문득 아이가 처음 했던 말들과
더 이상 기록할 수 없는 문장들을 떠올린다

강물의 울음이 담긴 모래알 속에는
머나먼 그리움들이 살고 있다

앵무새처럼 종알대던 입술 사이로 작은 별들이 반짝
이며 흘러가던
그 사소한 나날들을 기억한다

모래알이 쏠려 내려갈 때쯤엔 아이들의 가정법들은
자라 미래 시제가 되겠지
그때의 나는 어떤 은유법을 보여 줄 수 있을까

아이들은 가락에 맞춰 다시 모래놀이를 한다
두껍아 두껍아 헌 집 줄게 새집 다오

언어의 진화에 대해
이것은 순전히 사랑에 관한 이야기다

우리의 연산

당신의 말에 내 표정을 더하며
혹은 빼거나 곱하며
우리는 대화를 나눈다
가끔 소수 같은 말이 나올 때면
눈물을 흘리거나 애써 외면하지만
어쩌면 이미 알고 있었으리라
떠돌던 말은 결국 강물처럼 흘러간다는 걸
우리의 연산은
나의 침묵으로 너를 사랑하는 것
사금파리 같던 날들을 기록하는 것
하지만 아무리 고독을 제곱해도
세상은 여전히 아름다워지지 않는다
사랑의 방정식을 두고 여전히
나는 구태하다 말했고
너는 미지수라고 말했다
그때의 말들은 정말 실수였을까
페르마의 마지막 정리처럼
우리의 연산은 증명할 수 있을까

세상살이가 아무리 복잡하고 힘들어도
결국 제로에 수렴한다 그러자
아이들은 폴짝폴짝 공중제비하며
우리의 제로를 넘어간다

혹시

오늘은 부엌에서 기척이 없다
화장실을 가다가 안방을 살핀다
어머니가 누워 계신다
나는 자꾸 딴청을 부리고 싶어진다
치약 뚜껑을 열면서 '혹시'를 생각한다
누구에게 먼저 전화해야 하나 생각해 본다
아무래도 문상객은 많지 않을 것이다
입버릇처럼 말씀하셨는데 도무지 기억나질 않는다
머리를 감기 위해 대야에 물을 받는다
한 번도 들어 보지 못한 물소리가 들린다

어머니를 잃은 친구가 생각이 났다
치매 때문에 맘고생이 많았던 탓에
이제 홀가분하리라 생각했던 것과 달리
그는 다시 우울증으로 고생하고 있었다
그의 무표정한 얼굴처럼
누군가에게 남겨지는 것이 두려웠다고
나는 고백해야겠다

대야에 물이 차오르면서 높은음이 났다
낙하하는 것들의 비극과 평화에 대해 잠시 생각한다
오늘만은 거울이 보이지 않았으면 좋겠다고 생각한다
문득 어머니가 내 샴푸를 사용하는지 궁금했다
숙제를 못 한 아이처럼 어머니가 부엌에 서 계신다
아침을 빨리할 테니 조금만 기다리라고 하신다
떡을 먹겠다고, 먹지도 않을 떡을 가방에 챙긴다
조금 안심하는 어머니를 보며 내가 안심한다
어느 날 문득 혹시라는 생각이 들 때
떡이 있어서 다행이었나 아니면
잠 깬 어머니가 다행이었나
곰곰 생각하며 나는 출근한다

고양이 제사

우리 집 어딘가에 고양이 식구가 살고 있었대요. 어느 날 고물 더미 쌓인 담벼락에서 며칠째 새끼 고양이 울음소리가 들렸는데, 아마 어미가 새끼를 물고 담벼락에 오르다 놓친 것 같았대요. 그러자 잠을 설치는 통에 귀찮았던 아들은 이렇게 말했대요. 새끼 고양이가 배고픈 거 같은데 우유 좀 사다 주세요. 그래서 새끼 고양이를 구해 주려 했지만 꼭꼭 숨어 버려 나오지를 않았대요. 할 수 없이 당신이 먹다 남긴 밥과 조기를 밀어 넣어 주셨다는데, 이후로 새끼 고양이 울음소리는 잦아들고 밤마다 어미가 들락달락거렸대요. 그러다가 며칠 후부터는 아주 조용해졌대요.

툇마루에서 새하얀 이불보를 갈다가 잠시 자리를 비운 사이
이불 한가운데 놓인 새끼 고양이 털과 발자국

다시 봄이 찾아오니 어머니는
담벼락에 우유 한 접시 놓고

제문처럼 이렇게 읊조리셨대요

양이야 양이야
미안허다 미안허다
내가 죽일라고 한 건 아닌디 내 땜에 죽었다
불쌍한 네 새끼는 내가 죽였나 보다
좋은 곳으로 가라고 기도하마
부디 용서해라 편해져라

편지를 돌려보내며

불혹 갓 지난 그대가 이제 모든 미혹을 떨쳐 버리고, 마지막 안부 편지 대신 부고를 보낸다기에 황망할 겨를도 없이 서둘러 오랜 편지함을 찾네. 입대한 후 보내기 시작한 자네 편지는 족히 라면 한 상자가 아쉬울 지경이네.

돌아보니 우리는 기억나지도 않을 꿈을 꾸느라 너무 정신없이 헤매었지. 가위에 눌리듯, 도망치듯, 쫓기듯 상여를 떠메고 가는 기분으로 그렇게 살아온 게 아닐까 싶어. 이번 생이 꼭 그런 것 같아. 부디 다음 생에는 원하던 중노릇도 좀 하시게나.

그래, 우리는 모두가 시한부일 뿐이지. 자네를 추억하기 위해 편지를 읽는다는 게 도대체 무슨 소용이 있을까. 그건 로제타 스톤일 뿐이지. 자네 목소리를 잊을수록 편지는 점점 신비한 고대 문자가 되거나 우리의 추억을 담아 두는 암호가 되겠지. 모두가 사라지고 바다만 남게 되겠지.

걱정하지 말게. 내게는 자네 목소리를 잊는 날이 바로 자네가 죽는 날이 될 걸세. 메리에겐 한 마리 작은 양이 있었지 않은가.

자네의 기품과 아취가 느껴지는 편지들은 제본으로 엮어 자네 아들에게 보내려 하네. 훗날 문집으로 엮는다면 좋을 듯하네. 일전에 부탁한 묘비명은 적당한 석공을 찾고 있네. 문구는 마지막으로 한번 확인해 주시게나.

온종일/기억을 더듬는 날 있네/지난밤 꿈에 짓다 만 시를/아무리 더듬어도/손끝에 걸리지 않는 시를/오늘도 망연히 기다리다/다시 또 서성이네/내가 할 수 있는 일은 공연히/이것 한 가지라네/이제 마지막으로 적네// 죽음에 이르게 하는 시를 찾았으나/나는 아직도 살아 있고

가끔 자네가 보고 싶어지면 어릴 적 함께 다니던 성당에 찾아가 기도문을 외던 자네의 목소리를 그리겠네. 늦은 밤 자네가 좋아하던 보이차를 끓이며 이만 총총.

'밑'과 '끝'으로 이루어진 세계

고봉준(문학평론가)

이호석의 '세계'는 몇 개의 이질적인 풍경들로 채워져 있다. 유년의 시간, 가족사에 얽힌 이야기, 그리고 편집자로서의 삶에 대한 회고……, 이 실존적인 시간의 마디들을 따라 한 개인이 살아온 삶의 내력을 펼쳐 보이는 것이 바로 이호석의 이번 시집의 특징이다. 따라서 하나의 '세계' 안에는 작고 다양한 '세계들'이 존재한다고 말할 수 있는데, 이것은 우리가 한 개인의 정체성에 관해 이야기할 때도 동일하게 적용된다. 그렇다면 이 '세계들'이 모여 하나의 '세계'를 형성하는 방법, 즉 이질적인 다수가 어떻게 하나의 '세계'로 수렴될 수 있는 것일까? 이호석의 시에서 그것은 반복되는 이미지와 모티프의 몫이다. 몇몇 이미지나 모티프가 구체적인 진술보다 시 세계에 대해 더 많은 것을 알려 주는 경우가 있다. 이런 경우에는 개별적인 작품보다 한 권의 시집을 대상으로 삼는 것이 더 흥미로운데, 이호석의 시집이 바로 그렇다. 그의 시에서는 시인의 의도와는 별개로, 이미지나 모티프가 특유의 반복을 통해 시인이 세계를 경험하는 방식을 보여

준다. 이 방식으로 인해 그의 시편들은 다른 세계에 주
목할 때에도 실존적인 연속성을 상실하지 않는다.

아이가 던진 장난감
소파 밑으로 사라진다
무릎 꿇고 귀를 바닥에 붙여
밑바닥 어둠을 본다

불이 밝지 않아도
어둠은 밑으로 흐르게 마련이고
모여 흘러드는 것들은
다시 가슴에 고이게 된다

아이 성화에 못 이겨
소파를 힘껏 밀어젖히자
알게 모르게 조금씩 흘려 두었던
무언가가 먼지 더미에 엉켜 있다

찾다가 포기했던 안경
이미 버린 양말의 다른 짝
한 쌍이라 부를 수 없는 젓가락
아이는 냉큼 장난감을 집어 간다

밑바닥에 남겨진 것은
오래 지키지 못한 약속이거나
신년 계획들의 다짐이거나
숨겨 오던 애인의 버릇이거나

세상 공연한 것들은 오늘도
먼지처럼 참으로 연하고 부드러워
새털처럼 가볍게 장롱 밑으로
냉장고 밑으로도 흘러든다

　　　　　　　　　　　　　　　—「밑바닥에는」 전문

　이호석의 시편들은 '밑'과 '끝'으로 이루어져 있다. 먼저 '밑'에 관해 살펴보자. 이 시에서 '밑'은 반복되면서 의미의 전이를 보인다. 가령 1연에서 '밑'은 '소파 밑'이라는 공간적 의미로 한정된다. 우리는 종종 아이들이 던진 장난감 같은 것들이 소파 아래의 어둠 속에 파묻히는 경험을 한다. 우리는 그때마다 장난감을 꺼내기 위해 "무릎 꿇고 귀를 바닥에 붙여/밑바닥 어둠"을 마주하게 된다. 이때의 '어둠'은 빛이 없는 공간이라는 현상적 의미를 벗어나지 않는다. 그런데 다음 순간 시인은 '밑'과 '어둠'이라는 일상적인 경험의 세계에 다른 의미를 부여한다. "모여 흘러드는 것들은/다시 가슴에 고이게 된다"라는 2연의 진술이 바로 그것이다. 여기에서 '밑'은 공간적인 의미에서 벗어나 존재론적인 의미를 획득한다. 그 존재론적 의미의 구체적 내용이 바로 5연에 등장하는 "밑바닥에 남겨진 것"이다. 존재론적인 층위로 전유된 '밑'과 '어둠'은 이제 빛이 닿지 않는 주변적 삶의 공간이 아니라 의식의 저편으로서의 무의식이거나 일상이라는 삶의 중력으로 인해 우리가 지금껏 외면해 온 세계를 지시하는 기호가 된다. "오래 지키지 못한 약속", "신년 계획들의 다짐", "숨겨 오던 애인의 버릇" 같은 것이 대표적이다. 존재론적인 층위에서 보면 '밑'은 '타자'의 영역이다. 그곳은 억압되었거나 배제된 것들의 세계, 생활의 무게로 인해 우리가 거들떠보지 않은, 아니 눈길을 주기를 거부한 것들이 고스란히 쌓여 있는 어둠의 세계이다. 문제는 그것들이 비가시적인 것으로 쌓여 있을 뿐 결코 사라지지 않는다는 사실이다. 일상의 순간순간마다, 그러니까 아이가 무심코 던진 장난감을 꺼내기 위해 소파 아래의 '어둠'과 대면할 때, 바로 이 비가시적인 것들이 우리의 삶으로, 현재로 흘러 들어온다. 시란 이 실존적인 시간과의 마주침에 대한 기록인지도 모른다.

우리는 그 시간과의 마주침을 예측할 수는 없지만 그 마주침이 남긴 '사건'의 흔적은 어렵지 않게 확인할

수 있다. 가령 「개나리꽃에 부쳐」의 화자가 "개나리꽃 줄
지어 피어난 걸 보고 왈칵 눈물이 났다/중력도 없이 떨
어지는 것들은 죄다 슬픈 것들이지"라고 말하는 순간
이 그때이다. 일상적인 삶의 질서 안에서 우리는 '개나
리꽃'을 보고 좀처럼 눈물을 흘리지 않는다. 하지만 어
떤 순간, 그러니까 "중력도 없이 떨어지는 것들"에서 존
재론적인 슬픔을 발견할 때, 우리에게 '개나리꽃'은 더
이상 무의미한 대상으로 존재하지 않는다. 그런데 여기
에서도 낙화落花의 방향은 '밑'이다. 이호석의 시에서
'밑'은 방위方位의 하나가 아니라 유한한 존재가 스러지
는 방향, 또는 실존적인 층위에서 중요한 것들이 모여 있
는 어둠의 세계이다. 이러한 '밑', 즉 어둠의 세계는 썰물
때에만 제 모습을 드러내는 물길이나 갯벌과 닮았다. 시
인은 「갯벌 드러나듯」에서 '사랑'이라는 실존적 사건을
"천천히/바닥이 되는 것이어서/낮게, 낮게 흐르는 것"이
라고 표현하고 있는데, 여기서의 '바닥' 또한 일상의 시
간에는 비가시적인 상태로 존재한다는 점에서 '밑=어
둠'과 닮았다고 말할 수 있다.

　　해 지는 산마루 바라보면
　　어릴 적 염소 뿔 받힌
　　그 끝자리를 생각한다는

친구 이야기를 들은 적이 있네
그 말이 멍울처럼 서는 이 밤
그 끝자리를 어쩌지 못하고
어디선가 쓰르라미 들려오는데

그믐달에 비친 고요 속에서
선인장이 꽃을 틔우네
수삼 년 기다려도 피우지 않던 것을
이 밤, 누굴 기다려 꽃단장하는가

봉오리 환히 열리는 동안
꽃잎이 한 움큼 밀어낸 자리
그 끝자리를 어쩌지 못하고
돌아서는 잔등에 번지는 멍울

그믐달 외로 뒤척이고
꽃이 환히 피고 지는 사이
어디선가 쓰르라미 들려오는데
　　　　　　　 ―「그 끝자리를 어쩌지 못하고」 전문

이호석의 시는 언제나 '끝'을 향하고 있다. '끝'의 감
각이 관류하고 있어서 그의 시편들은 대부분 '끝'에 관

한 이야기이거나 '끝'에서 보거나 들은 것에 대한 이야기인 경우가 많다. 따라서 이호석의 시는 '끝'의 감각으로 바라본 삶의 풍경이라고 말할 수 있는데, 여기서 '끝'은 '마지막'이자 시가 시작되는 '첫'자리라는 점에서 역설적이다. 만일 우리가 '밑'을 향해 떨어지는 생명에서 느끼는 그의 슬픔을 이해할 수 있다면, 그의 시에서 '밑'과 '끝'의 거리가 그다지 멀지 않다는 사실도 쉽게 발견할 수 있을 것이다. 위의 시에서 화자는 "해 지는 산마루 바라보면/어릴 적 염소 뿔 받힌/그 끝자리를 생각한다는/친구"의 말에 대해 이야기한다. 또한 그는 "봉오리 환히 열리는 동안/꽃잎이 한 움큼 밀어낸 자리/그 끝자리를 어쩌지 못하고/돌아서는 잔등에 번지는 멍울"에 대해 이야기한다. 여기에서 '끝자리'는 '자리'와 본질적으로 다르지 않다. 그렇지만 중요한 것은 친구와 시인에게 그 '자리'가 항상 '끝자리'로 인식된다는 사실이다. 여기에서 '끝'은 시공간적인 의미보다는 "해 지는 산마루"와 "꽃이 환히 피고 지는"으로 표현되는 한계에 대한 감각과 맞닿아 있다. 요컨대 '끝'은 화려한 것이 아니라 '석양'이나 '낙화'처럼 어떤 것이 한계에 도달했다는 사실을 환기하며, 시인은 이 한계 지점에서 발산되는 것, 가령 유년의 기억, 자연적인 풍경 등이 자신을 향해 걸어오는 말을 보고 듣는 것이다. 시의 제목에 포함된 '어쩌지 못하고'라는 표현은 이 '끝'의 말 건넴이 시인 또는 화자, 아니 우리 모두의 의지와 상관없이 도래하는 것임을, 결코 그것의 말 건넴에 대해 귀를 닫거나 외면할 수 없다는 사실을 가리킨다.

　이러한 '끝—한계'의 감각은 「곶자왈」에서는 "세상의 끝에 몰려든 구름들/그리고 삶에 대한 묵념"이나 "막다른 가시덤불 숲에서 만난/내 마음속 불모지"처럼 공간적인 방식으로 표현되기도 하고, 「옛날 영화가 어떻게 끝나더라」에서는 "모든 게 끝나면 어두워지는데 영화는 환해지지/환해지는 기억만큼 부끄러운 일도 없지"처럼 시간적인 방식으로 표현되기도 한다. 특히 뒤이어 시인은 "모리츠 에셔의 '끝이 없는 계단'을 이젠 내려가고 싶다"라고 고백하는데, 그것은 방향성을 잃어버렸다고 생각되는 현재의 삶이 끝나기를, 그리하여 "욕망과 권태 사이에서 빠져나올 수" 없는 지금의 시간이 중단되기를 희망하는 것이라고 읽을 수 있다. 시인의 상식 속에서 '끝'은 '어둠'과 연결되어 있다. 하지만 영화는 '끝'에 이르면 화면이 밝아진다. 그런데 시인에게 이 밝음은 반가운 것이 아니다. "환해지는 기억만큼 부끄러운 일도 없지"라는 진술처럼 시인은 반복적으로 떠오르는 자신의 기억 때문에 괴로워하고 있는데, 그것은 기억의 드라마에는 항상 우리가 숨기고 싶은 유쾌하지 않은 장면들이 존재하기 때문이다. 그는 한밤중에 잠이 깨어 우연히 영화의 '끝' 화면이 밝다는 사실을 발견하고 그것이 '기억'의 작동 방식을 닮았다고 생각한다. 시인에게 기억은 영원한 밝음의 세계이고, 따라서 거기에는 '끝'이 존재하지 않는다. 기억이 우리를 압도하는 한 기억은 결코 '끝'이 나지 않는 법이다. 그 순간부터 시인은 어둠으로 종결되는 '끝'을 희망하기 시작한다. 이러한 '끝'의 표상 가운데 하나가 바로 "끝이 없는 계단"을 완전히 내려가는 것이다. 이것만이 아니다. 시인은 "이것은 죽음이 아니라 소멸에 관한/짧은 기록쯤이라 여겨 두자"(「소멸」)나 "우리는 언제쯤/안개의 계절을 다 흘려보낼까"(「안개의 계절」), "우리는 지금까지 어둠을 뚫고 땅끝에 왔어/앞으로 어디로, 어떻게 가야 할지 몰라"(「땅끝에 서다」)처럼 지속적으로 '끝'의 모티프를 반복한다.

아버지는 스푸트니크가 발사되던 순간에 태어났다
우연의 일치는 종종 환상과 의미를 부여할 뿐
존재적 시간에 가치를 획득하지 않는다

—푸른 하늘 은하수 하얀 쪽배에
—계수나무 한 나무 토끼 한 마리

인공위성은 귀환하지 못하고 우주로 떠났다
닫힌 중력의 해방은 광년의 고독보다 깊다
우리는 모두 은하수가 되어 흘러간다
유토피아 47번 우주정거장에서의 도킹

사랑할 필요는 있지만, 연명하지는 않아도 된다
핼리 혜성처럼 아버지의 말들이 꼬리를 물고 떠돈다
토끼를 위해 계수나무는 어떤 꿈을 꾸었나
스푸트니크는 꿈의 소유권을 박탈당하지 않았고
아직도 팽창하는 우주 먼 곳으로 유영하고 있다

—돛대도 아니 달고 삿대도 없이
—가기도 잘도 간다 서쪽 나라로

평생을 정말 가진 것 없이 살았지만
독수리 오형제를 남기고 떠나셨다
감각을 넘어선 영역에 도달하는 것은 결국
실재 그 너머, 그 어둠의 세계에서
우리는 영원이라는 에테르를 만날 수 있다

—은하수를 건너서 구름나라로
—구름나라 지나선 어디로 가나

자장가를 불러 주며 생각해냈다 아버지를
노래를 부르면 평화가 왔고 잠이 왔다
아버지라는 기표는 사랑이다
자신이면서, 우주이고, 그들의 관계다
　　　—「유토피아 47번 우주정거장에서의 도킹」 부분

　이호석의 시에서 화자를 둘러싸고 있는 세계의 풍경
은 흘러가는 것으로 묘사된다. 「공원에서」가 대표적이
다. 화자는 공원 잔디밭의 풍경을 바라보면서 조르주 쇠
라의 그림을 연상하지만 이 시의 특징적인 면은 한가롭
게 느껴지는 공원의 풍경이나 그 중심에 위치한 가족의
모습이 아니다. 오히려 이 작품에서 흥미로운 것은 '몰
려다니고', '날아다닌다', '하늘을 날아간다' 등처럼 화자
를 둘러싼 풍경이 끊임없이 유동하는 것으로 경험된다
는 사실이다. 이러한 세계의 유동성은 이호석의 시편들
전체에서 공통적으로 드러나는 것이기도 한데, "어둠
은 밑으로 흐르게 마련이고"(「밑바닥에는」), "개천 따라
흐르는 경운기 바퀴들이여"(「소실점」), "너의 목소리가
흘러간 흔적만/한참을 바라보다"(「철새들이 내려앉는
곳」), "우리는 언제쯤/안개의 계절을 다 흘려보낼까"(「안
개의 계절」), "다만 우리는/철새들이 날아가는 것을 보

왔다"(「겨울 전령사」), "바닥이 되는 것이어서/낮게, 낮게 흐르는 것이지"(「갯벌 드러나듯」), "앵무새처럼 종알대던 입술 사이로 작은 별들이 반짝이며 흘러가던"(「간접 인용」) 등이 대표적이다. 이런 사례는 수도 없이 많다. 그에게는 철새, 물길, 계절, 구름, 별만이 아니라 자신을 둘러싸고 있는 모든 것들이 끊임없이 움직이며 흘러가는 것으로 경험된다. 따라서 "어쩌면 우리가 그토록 시간을 흘려보낸 이유도 끝을 염원한 마음이었을까. 끝이 없는 일에 대해서 우리는 감히 기록할 수 없을 테니까. 영원을 향한 죽음처럼 나를 살아 있게 만드는 것도 없으니까."(「신년 계획」)라는 진술처럼 시인이 '끝' 또는 '죽음'에 집착하는 이유는 '기록', 즉 글쓰기와 연관된 문제 때문일 수도 있다. 중요한 것은, 이런 맥락에서 '끝'과 '유동성(흘러감)'이 대립하고, 그 이면에 글쓰기에 대한 욕망이 자리하고 있으며, 세계를 유동적인 것으로 감각한다는 사실이다.

「유토피아 47번 우주정거장에서의 도킹」에서도 이러한 특징은 반복된다. 화자에 따르면 아버지는 "스푸트니크가 발사되던 순간"에 태어났다. 그런데 이 시를 읽을 때 그 순간을 1957년이라는 역사적 시간으로 한정하는 것은 그다지 현명한 독해가 아닐 듯하다. 우리가 이 시에서 주목해야 할 것은 '스푸트니크'의 발사, 즉 "인공위성

은 귀환하지 못하고 우주로 떠났다"라는 사실이고, 그
것은 "우리는 모두 은하수가 되어 흘러간다"라는 유동
적인 감각과 연결되어 있다. 여기에서 '47번 우주정거장'
의 의미는 명확하지 않다. 그것은 천문학적 의미보다는
화자가 '우연의 일치'라고 명명하는 어떤 만남의 순간
을 지시하는 기호로 이해되어야 할 듯하다. 이렇게 접근
하면 이 시는 "평생을 정말 가진 것 없이 살았지만/독수
리 오형제를 남기고 떠"나신 아버지와 "핼리 혜성처럼
아버지의 말들이 꼬리를 물고 떠"도는 우주를 배경으
로 가족 또는 인간의 관계를 표현한 작품이라고 이해할
수 있다. "스푸트니크는 꿈의 소유권을 박탈당하지 않았
고/아직도 팽창하는 우주 먼 곳으로 유영하고 있다"라
는 표현처럼 이 세계에서 우주는 끊임없이 팽창하며, 그
우주 안에서 '나'와 '아버지'의 만남으로 지시되는 어떤
'관계'가 형성된다. 그리고 "그 옛날 나를 위해 불러 주
던/지금은 아이를 재우기 위해 내가 부르는"이라는 진
술처럼 이 우주 안에서 '아버지―나―아이'는 '푸른 하
늘 은하수'로 시작되는 오래된 '노래'에 의해 연결된다.
결국 이 시는 인간의 '존재적 시간'에 가치를 부여하는
것은 '스푸트니크' 같은 역사적 사건이 아니라 꼬리를 물
고 우주를 떠도는 말(노래)이라는 사실을 환기한다.

반성하는 마음으로 삼십 대를 편집자로 살아냈으나

나의 인생은 수정되지 않았고, 자꾸만 오탈자가 목에
걸렸다

읽히는 삶을 궁극으로 두었으나 나는 읽는 사람에 가
까웠고

쓰는 일은 사치가 아니면 노역과도 같아

국어사전에 악착같이 매달리던 시절

나의 언어 습관은 나랏말씀과 달라

낫 놓고 기역 자를 찾는 것처럼 OK 교정은

다음 날이 다음날이 되도록 멀어졌으며

정신을 띄어쓰기에는 이제 눈이 침침해지고

머리칼 속에는 띄엄띄엄 흰서리가 내렸다

강산도 바뀐다는 세월 동안

다섯 수레가 넘치도록 책을 만들어 왔지만

정작 내가 읽은 것은 책이 아니라 교정지뿐이었고,

아이러니하게도 남아수독오거서라는 말은 그냥

두보의 농담에 지나지 않았다

편집 배열표를 작성하는 동안 내가 채워 넣을

마지막 페이지의 운명에 대해 생각해 보았으나

그들은 늘 내 바람과는 달리 각종

지로 통지서로 나의 발목을 붙잡았다

그래서인지 나의 이름은 표지보다는

판권지에 박혀 좀처럼 빠져나오지 못했다
그나마 살 만했던 감옥도 컨베이어에 떠밀리듯
나의 이름은 낭떠러지 맨 앞에 인쇄되었다
서점에 깔린 책들에는 나와 같은 이름들이
명멸하는 불빛보다 희미하게 널렸지만
우리는 애써 서로의 존재를 외면하고 살았다
책 대신 빵으로, 커피로 도망치는 편집자들을 바라보며
송충이는 솔잎을 먹어야 한다는 말을 곱씹어 보지만
소나무재선충처럼 퍼진 출판계의 고질적 증상은
노동자를 대신해 독자들의 외면을 받았다
차라리 간서치가 되어 살고 싶은 마음이 굴뚝같았으나
나는 늘 마지막 페이지가 궁금하여 책을 덮지 못하고
있다
　　　　　　　　　　—「어느 편집자의 마지막 페이지」 전문

다시 '끝'에 관한 이야기로 되돌아오자. 이호석 시인
은 오랫동안 '편집자'로서 살아왔다. "읽히는 삶을 궁극
적으로 두었으나 나는 읽는 사람에 가까웠고"라는 고백
에서 알 수 있듯이 그는 '읽히는 삶', 즉 시인을 꿈꿨으나
'삼십 대'를 '읽는 사람', 즉 편집자로서 살아왔던 듯하다.
이번 시집에 가족에 관한 이야기와 함께 편집자의 삶과
자의식에 관한 이야기가 다수 포함된 것은 이런 맥락에

서 이해할 수 있다. 「문장의 독」과 「교정지 위에서는」 같은 작품이 대표적인 경우이다. '마지막 페이지'라는 문장처럼 이 작품 또한 '끝'의 모티프를 활용한 것이다. 화자는 자신이 '반성하는 마음'을 갖고 '편집자'로 살아왔다고 회고하고 있다. 하지만 원고를 '수정'하는 일과 자신의 인생을 '수정'하는 일은 상관이 없었고, '원고'의 오탈자는 찾아서 수정할 수 있었으나 자기 삶에 존재하는 '오탈자'는 손을 댈 수가 없었던 것이다. 화자는 이것을 "자꾸만 오탈자가 목에 걸렸다"라고 표현하는데, 따라서 그에게 시를 쓰는 행위는 삶의 오탈자를 수정하는 일이기도 하다.

이 시에서는 두 개의 '끝', 즉 '마지막'이 등장한다. 편집 배열표를 작성하면서 자신이 채워 넣은 "마지막 페이지"와 책 읽기를 중단하지 못하게 만드는 궁금증의 대상인 "마지막 페이지"가 그것이다. 추측건대 책 읽기를 좋아하는("간서치가 되어 살고 싶은 마음") 시인은 평소 "마지막 페이지"가 어떻게 끝나는지 궁금해서 독서를 중단하지 못하는 자신의 습관에 대해 생각하다가 불현듯 자신이 만든 책들의 마지막 페이지, 특히 자신이 편집 과정에서 채워 넣은 "마지막 페이지"의 운명에 대해 생각하기 시작했을 것이다. 그리고 위에서 언급한 두 개의 "마지막 페이지"는 동일한 문자임에도 불구하고 그 성격이 매우 다르다는 사실에 생각이 미쳤을 것이다. 알다시피 편집자가 채워 넣는 "마지막 페이지"는 "나의 이름은 표지보다는/판권지에 박혀"라는 말처럼 노동자로서의 지위를 표시하는 것이다. 이 작품은 글을 쓰는 존재로서 살고 싶은 '욕망'과 글을 읽는 존재로 살아야 하는 '현실' 사이의 간극을 편집자로서 일한 경험과 뒤섞어 실존적 욕망의 방향을 분명하게 보여 주고 있다. 흥미로운 것은 이 실존적 욕망의 바로미터조차 "마지막 페이지", 즉 '끝'의 모티프에 기대어 표현된다는 것이다. 어쩌면 이호석의 시는 우리를 계속 '밑'과 '끝'의 세계로 불러들이고 있는지도 모른다.

여름에게 부친 여름

2023년 8월 9일 1판 1쇄 펴냄

지은이 　　이호석
펴낸이 　　김성규
편집 　　　김안녕 한도연
디자인 　　신아영
펴낸곳 　　걷는사람
주소 　　　서울 마포구 월드컵로16길 51 서교자이빌 304호
전화 　　　02 323 2602
팩스 　　　02 323 2603
등록 　　　2016년 11월 18일 제25100-2016-000083호

ISBN 979-11-92333-98-4 04810

ISBN 979-11-89128-01-2 (세트)

* 이 책은 경기도, 경기문화재단의 지원을 받아 발간되었습니다.
* 이 책 내용의 전부 또는 일부를 재사용하려면 반드시 지은이와 출판사의 동의를
  얻어야 합니다.
* 잘못된 책은 교환해 드립니다.